父さんに拍手！

認知症を見つめて

森則理
Norisato Mori

文芸社

郵便はがき

料金受取人払郵便

新宿局承認

1437

差出有効期間
平成30年5月
31日まで
(切手不要)

160-8791

843

東京都新宿区新宿1－10－1

(株)文芸社

愛読者カード係 行

お名前《ふりがな》		明治 大正 昭和 平成 年生 歳
ご住所《ふりがな》	□□□-□□□□	性別 男・女
お電話番号	(書籍ご注文の際に必要です)	ご職業
E-mail		
ご購読雑誌(複数可)		ご購読新聞 新聞

最近読んでおもしろかった本や今後、とりあげてほしいテーマをお教えください。

ご自分の研究成果や経験、お考え等を出版してみたいというお気持ちはありますか。

ある　ない　内容・テーマ(　　)

現在完成した作品をお持ちですか。

ある　ない　ジャンル・原稿量(　　)

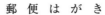

書　名			
お買上 書　店	都道　　　　市区 府県　　　　郡	書店名	書店
		ご購入日	年　　月　　日

本書をどこでお知りになりましたか?

1.書店店頭　2.知人にすすめられて　3.インターネット(サイト名　　　　　)

4.DMハガキ　5.広告、記事を見て(新聞、雑誌名　　　　　)

上の質問に関連して、ご購入の決め手となったのは?

1.タイトル　2.著者　3.内容　4.カバーデザイン　5.帯

その他ご自由にお書きください。

(　　　　　　　　　　)

本書についてのご意見、ご感想をお聞かせください。

①内容について

②カバー、タイトル、帯について

弊社Webサイトからもご意見、ご感想をお寄せいただけます。

ご協力ありがとうございました。

※お寄せいただいたご意見、ご感想は新聞広告等で匿名にて使わせていただくことがあります。

※お客様の個人情報は、小社からの連絡のみに使用します。社外に提供することは一切ありません。

もくじ

父は笑ってる

父は笑ってる
悲しいドラマを見ても
悲惨なニュースを見ても
大雪が降っても、地震が起きても
認知症の父は唯々、笑ってる

誰が何と言おうと笑ってる
人生、笑うことが大事だと
笑うことで救われるのだと
僕らに教えるように
父は今日も朝から笑ってる

僕は忘れない

僕が小学生のとき
父と、クワガタ採りに出かけた
父が運転するバンに乗って
遠くの森まで出かけた
そして、ミヤマクワガタを見つけた

僕は嬉しくて嬉しくて仕方がなかった
とても大切な思い出
なのに、父はもう何も覚えていない
何もかも忘れてしまった
あの時の、感動も喜びもふれあいも
父はみんな忘れてしまった
悲しいけれど悔しいけれど
僕は忘れない
絶対忘れない
一生忘れない

父とクワガタを採った
あの夏の日

ありがとう、父さん

車で帰ってきた僕を見るなり
父は、車庫のシャッターを
開けようとしている
電動のシャッターだから
手では開けられないのに

僕のために、シャッターを開けようとしている
必死になって、シャッターを開けようとしている
なにやってんだよー
僕はつぶやきながら、涙がこぼれた
ありがとう、父さん

デイサービスの朝

デイサービスの朝、朝食を済ませた父は
もう、そわそわしてる
母に身支度を整えてもらった父は
玄関を出たり入ったり
出たり入ったり

もう、待ち遠しくてしかたがない
母は腰かけているように言うが
時間もまだ結構あるが
父は玄関を出たり入ったり
出たり入ったり
まるで子供のようになってしまった父
やがて迎えのワゴン車が来た
父は満面の笑みでワゴン車に乗り込んだ

父と母の会話

父と母が会話している
父は認知症、母は耳が遠い
父は一方的にしゃべる
母も一方的にしゃべる
二人の会話はかみあっていない

ちんぷんかんぷんだ
聞いていると、とても滑稽で
面白い
まるで、志村けんのコントを見ているようだ
でも、ほのぼのとして
とても愛おしい光景だ
この光景をいつまでも見ていたい
五年後も
十年後も
二十年後も

ずっとずっと、いつまでも

母の苦労

父が認知症になってから
母は、以前にも増して忙しくなった
父の面倒をみなければいけない
放っておくと、何をするか分からない
だから、母の気が休まるのは

週三回のデイサービスの日
と言っても、夕方には帰ってくるので
そのあとは、また戦いが始まる
最近、母は腰が曲がってきた
なんだか、とても、せつない
でも、母は、いつでも前向きだ
なるようになるさと言って
今日も家事を切り盛りしている
ごくろうさま

父とドライブ

父は三ヶ月おきに
脳神経外科を受診する
父を助手席に乗せて
僕が運転して病院へ行く
片道三十分、往復一時間の

父とのドライブだ
父は車に乗るとき、すいません、と言う
父は車から降りるとき
ありがとうございました、と言う
親が息子に言う言葉じゃない
僕は、その言葉に淋しさを感じた
でも、父らしいと思う
もともと、真面目で几帳面だった父
認知症になっても、その性格は健在だ
一時間のドライブが終わり、家に着いた

父は、いつも通り
ありがとうございました、と言った
どういたしまして

父の寿命

父は若いころ、占い師に
手相を見てもらったことがあるらしい
認知症になる前に父が話していた
寿命は八十二歳だと言われたらしい
その後、認知症になった父は

とっくに、その歳を越え
今年、もうすぐ、八十四歳になる
占い師に言われた寿命のことも
今の自分の年齢も、忘れてしまった父
でも、そんな父を見ていると
そんなことに、いちいち、こだわるな、
とでも言っているように思える
もう、何のこだわりもなく生きている父
そんな生き方、うらやましくも思える

父との会話

僕は子供の頃から
あまりしゃべらなかった
母や姉とは、それでも
少しは話したけれど
なぜか、父とは、あまり会話がなかった

なぜだろう、性格的なものだろうか
父にしてみたら、僕は
張り合いのない子だっただろう
十年ほど前、知人の男性から
あることを聞かされた
父が僕に、どう接したらいいか分からない
と、こぼしていたと言うのだ
それを聞いて、とてもショックだった
でも、どうしたらいいんだろう
僕にはどうすることもできない

今更、父にぺらぺらしゃべりだすことは無理
父さん、ごめんね、張り合いのない息子で
本当に、本当に、ごめんなさい
許して下さい、父さん

車の免許

僕が二十四歳の時
家族に、車の免許を取ったらどうかと
勧められた
イマイチ、気が乗らない僕に
父が言った

「今どき、車の免許もないやつは、クズだ」
そう、発破を掛けられて
僕は自動車学校へ通うことになった
あれから、数十年
車の運転は僕の日課になっている
運転免許が取れて、本当に良かったと
今更ながら、しみじみ思う
そして、父のあの時の言葉に
感謝している

ショートステイ

今、父は家にいない
ショートステイに行っている
初めてのショートステイ
しかも、二泊してくる
父はよく理解できぬまま、連れていかれた

夕方になって、「家に帰る」などと言って
職員さんを困らせていないだろうか
それにしても、昼も夜も
父が家にいないということは
最近、無かったことで
今、改めて、父の存在感を感じている
なんだかんだ言っても
かけがえのない家族
家にいればいたで、手のかかる父だが
いないと、やっぱり淋しい

このまま、ずっと帰ってこなかったら、なんて
考えたら、急に、せつなくなった
父が家に帰る、あさってが
とても待ち遠しい

認知症の特権

先日、タレントの大橋巨泉さんが
闘病の末、亡くなった
その少し前には、永六輔さんが逝った
高倉健さん、愛川欽也さん、長門裕之さん、
父と同世代の芸能人が

次々と旅立ってゆく
本来の父であれば、不安を感じていただろう
自分もそろそろか、などと
しかし、今の父には、そういう思考が働かない
大橋巨泉さんの追悼番組をぼんやり見ている父
何の恐れも不安もない
これは、ある意味、幸せなことだと思う
認知症だからこその特権だ

商売人

我が家は、食料品店を営んでいる
正月元旦の棚卸の日以外は営業している
定休日を作るような話は何度も出たが
結局、実現しないままだ
父も母も、よっぽど、商売が好きなのだろう

父は認知症になってからも
店にお客さんが来ると、店に出てゆく
言葉もはっきりしゃべれず
おつりの計算もできないが
父は根っからの商売人
母に邪魔者あつかいされながらも
お客さんに笑顔を振りまいている
商売が好きで好きで仕方がない父
母とともに店に出ていることが
何よりも幸せなのだろう

商売、万歳！

母の思い

父が認知症だと診断された日
母は、早くも
父を施設に入れるような話を始めた
これには僕も驚いた
長年連れ添ってきた仲なのに

母って意外と、薄情かも
でも、その後、父の症状は
日増しに進んで行き
ガスコンロにポットを乗せ
ポットを丸こげにしたこともあった
危うく、火事になるところだった
それを機に、母の思いが分かった気がした
父の症状が進んで行くことや
その面倒を見ることの大変さを
母は最初から予想していたのだ

母は薄情なんかじゃなく
家族みんなの幸せを考えていたのだ
母は母なりに
家族のことを一生懸命
考えてくれている
感謝

父がしゃべってる

父が何かしゃべってる
僕に向かって、しゃべってる
え？　なに？
何度、聞き返しても
何を言ってるのか分からない

それでも必死になって
父は、僕に向かって、しゃべってる
僕も、だんだん、イライラしてきて
もう無視してしまおうと
父から顔をそむけた瞬間
父はテーブルのうな重を手に取って
僕に差し出した
父は自分のうな重を僕にくれようと
していたのだ
なのに、僕は、父にイライラして

無視しようとしてしまった
ごめんなさい　ごめんなさい
僕の分もちゃんとあるから大丈夫
心配してくれて
本当に、本当に、ありがとう
ありがとう

一九九九年

あれは、そう、一九九九年
ノストラダムスの大予言で
人類が滅亡するとされていた年の一月
僕と父は車で出かけた
どっちが運転してたか、どっちが助手席だったか

そして、何の目的で出かけたのか
その辺りは、よく憶えていない
北へ向かって走行中
真正面に、とても珍しい雲を発見した
東の端から西の端まで、一直線に連なっている
グレーの雲だった
父が写真を撮ろうと言い出し、車を止めて撮影した
その時の写真は引き伸ばし、額に入れて
今も飾ってある
紙が添付してあって、珍しい雲発見と明記されてある

そして、発見者が僕の名、撮影者が父の名になっている
二人の連係プレーで撮れた写真
父と僕との思い出のこもった
大切な、大切な、写真
僕の大事な、大事な、宝物だ

にこにこ

父はデイサービスに行くと
始終、にこにこしているらしい
そして、他の利用者達に
とても好かれているらしく
父がデイサービスに出席すると

みんな喜ぶのだとか
確かに、しかめっ面より、笑顔の方が
いいに決まってる
でも、それだけだろうか
父には、人を癒したり、安心させるような
人間性があるのかもしれない
かくして、父は利用者達の人気者になった
そして、今日もまた、
人気者は、デイサービスに出かける
いってらっしゃい

不治の病

認知症は、今現在、
不治の病ということになっている
進行を遅らせることはできても
進行を止めたり、改善させることはできない
父も薬を服用しているが

少しずつ症状は進んでいる
もしも、認知症を治す薬ができたら
最高に喜ばしいことだ
世界中で、その研究が進められている
一日でも早く、一秒でも早く
研究が実を結ぶことを願って止まない
家族として、息子として
一人の人間として

父は寝ている

父は最近、寝ていることが多くなった
茶の間のいつもの指定席で
仰向けになって寝ている
寝る間も惜しんで働きづめだった父
寝不足だった日々を取り戻すかのように

ひたすら眠っている
もう働かなくていいから
もう何も心配しなくていいから
どうぞ、ゆっくり眠って下さい
そして、いい夢見て下さい
楽しくて、愉快で、幸せな夢
夢の中でも、笑顔でいて下さい
そして、たまには
僕の夢も見て下さい、お願いします
父の寝顔が、なんとなく

笑っているように見えた
どうぞ、ごゆっくり

パソコン

我が家にもパソコンが置かれるようになり
十数年になる
しかし、結局、使っているのは僕だけ
当初から、父は
「いつでもいいが、使い方、教えてくれ」

と、時々、言っていた
しかし、僕も、何かと忙しく
あるいは、体調が悪かったりと
なかなか、そんな時間を作れなかった
そもそも、僕も、人に教えられるほど
コンピューターに強くない
ところが、そんなことをしているうちに
父は認知症になってしまった
今となっては、いくら教えても
憶えられるわけもなく

憶える意欲さえ、無くなってしまった父
こうなることが分かっていたら
電源の入れ方など、簡単なことだけでも
教えていたのに、と、後悔した
そして、今になって思うことがある
父は、パソコン操作を憶えたかったのではなく
僕とコミュニケーションをとりたかった
ただ、それだけだったのではないか
いや、きっと、そうに違いない
今頃になって気づくなんて、僕はバカだね

叱って下さい、父さん

何度も繰り返し繰り返し言った
その歌には、海に連れて行って欲しいという
歌詞があった
僕が、その歌を歌うたび、父はすまなかったと
あたかも詫びるようにしていたのを覚えている
僕が小学生の頃、夏休みになると
同級生達は海水浴に行くんだと言って、はしゃいでいた
だから、当然、僕も海水浴に行きたくなって
両親に毎年毎年、ねだった
でも、その願いが実現することはなかった

その当時、我が家の商売は大盛況で
商品は飛ぶように売れていた
両親も祖父母も、てんてこまいだった
特に、夏休みの時期は、更に忙しかったようだ
だから、海水浴どころではなかった
そのことは、今でこそ笑い話だが
まだ幼かった僕にとっては、大きな欲求不満だった
あれから数十年経った今
リベンジしよう
両親を乗せて、海へドライブしよう

子供の僕が抱いた淋しさも
父が負い目に感じていたことも
全部、全部、チャラにして

父は歌う

テレビから音楽が流れると
父はテンポに合わせて
身体を揺さぶったり
腕を動かし始める
そして、歌手が歌うと

父は、その歌に合わせて
一緒に歌い出す
歌うと言っても、父の場合
言葉になっていないので
ある種の「スキャット」だ
ところが、不思議なことに
リズムも音程も、バッチリ決まっている
もともと、カラオケが大好きだった父
五木ひろしの曲をよく歌っていた父
認知症になった今でも、こんなに歌えているこれは奇跡?
いや、父は天才なのかもしれない
今夜もまた、
茶の間をステージにして
天才歌手のワンマンショーが始まる
拍手!

あとがき

父が認知症になってからのことや、認知症になる前の思い出など、僕が思ったこと、感じたことを添えて、「詩」という形で表現してみました。

父が認知症になったことで、ショックを受けたり、淋しさを感じたり、嫌な思いをしたり、暗い気持ちになったり、そんなネガティブな感情を抱くことも多々ありますが、逆に「はっ」と気づかされたり、温かい気持ちにさせられることもあります。

そんな日々の生活を、ありのままに綴りました。

高齢化社会の日本では、認知症患者が家族にいることも、それほど珍しいことではなくなっています。

これは確かに切実な問題です。

しかし、そんな現実と向き合いながら、明るい未来を信じ、前進していきたいと思います。

僕は、自分の家族が大好きで、とても大事で、大切で、この上なく愛おしくて、かけがえのない存在です。そんな思いで「詩」を書きました。その思いが少しでも読者の皆様に届いたなら幸いです。

最後に、僕のつたない「詩集」を、手に取って下さった皆様に、心から感謝申し上げます。

ありがとうございました。合掌。

森　則理